詩を書くということ

日常と宇宙と

谷川俊太郎

PHP文庫

○本表紙図柄＝ロゼッタ・ストーン（大英博物館蔵）
○本表紙デザイン＋紋章＝上田晃郷

詩を書くということ　目次

第二章　詩と日常生活と

第三章

意味と無意味

※本文に登場する年齢・年数等は、インタビュー当時のものです。

プロローグ

「世間知ラズ」

自分のつまさきがいやに遠くに見える
五本の指が五人の見ず知らずの他人のように
よそよそしく寄《よ》り添《そ》っている

詩・朗読　谷川俊太郎《たにかわしゅんたろう》

ベッドの横には電話があってそれは世間とつながっているが
話したい相手はいない
我《わ》が人生は物心ついてからなんだかいつも用事ばかり
世間話のしかたを父親も母親も教えてくれなかった

行分けだけを頼《たよ》りに書きつづけて四十年
おまえはいったい誰《だれ》なんだと問われたら詩人と答えるのがいちばん安心
というのも妙《みょう》なものだ
女を捨てたとき私は詩人だったのか
好きな焼《や》き芋《いも》を食ってる私は詩人なのか
頭が薄《うす》くなった私も詩人だろうか
そんな中年男は詩人でなくともゴマンといる

私はただかっこいい言葉の蝶々《ちょうちょう》を追っかけただけの
世間知らずの子ども
その三《み》つ児《ご》の魂《たましい》は
人を傷つけたことにも気づかぬほど無邪気《むじゃき》なまま
百へと向かう

詩は
滑稽《こっけい》だ

「世間知ラズ」

――こんにちは。二十一世紀の今、時代を切り拓《ひら》いてきた人たちの声に耳を傾《かたむ》け、その夢と思いに迫《せま》る「100年インタビュー」。今日《きょう》は小さなお子さんやお母さんがた、そして若い皆《みな》さんにもお集まりいただいて、詩人の谷川俊太郎《たにかわしゅんたろう》さんのお話を一緒《いっしょ》に聞いていただきます。谷川さん、どうぞ。

どうぞよろしく。

――谷川さんといえば、Tシャツにジーンズなどのカジュアルなスタイルという印象がありますね。

あまり形式張ったものは体に悪い気がして、今はできるだけ着ないようにしています。若い頃《ころ》はちゃんとネクタイをして背広を着ていた時期もありましたよ。

――そうですか。でも七十八歳《さい》とは思えない、この引《ひ》き締《し》まった姿、全然余分な肉がないじゃないですか。何かスポーツをやってらしたのですか？

全然やっていませんよ。体に悪いでしょ、スポーツって（笑）。だって結局みんなすぐケガしたりするじゃないですか、相撲取《すもうと》りでも。

――でも何か健康法をお考えですか？

十年ほど前から少しは体のことを意識しようと思い、呼吸法を少しやってます。できるだけ早く吸って、できるだけゆっくり吐《は》くというだけのもの。吐くことから始めるんだって。吸うのから始めちゃいけないんです。

それを毎朝やっていると調子がいいような気がするし、なんか頭よくなった気がするんですよ。その呼吸法で、酸素が脳に行くわけでしょ。

――その呼吸法を始められたのには、何かきっかけがあったのですか？

息子《むすこ》が同年輩《どうねんぱい》の仲間と音楽ユニットを組んでいて、僕《ぼく》がそれに詩で参加することになったことです。なにせ旅が多いので、体を丈夫《じょうぶ》にしておかないと、ぶっ倒《たお》れてはとても迷惑《めいわく》をかけることになりますから。

――そうすると、体を悪くすることはないですか？

今のところ、そんなに大きな病気をしていないから、いいんじゃないでしょうか。あと、今も元気なのは、ほとんど遺伝じゃないですか？　うちの父は九十四歳まで生きていましたからね。

——今日は、谷川さんがお書きになった詩をご自身で朗読していただくということも併《あわ》せてお願いをしたいと思いますが、まず、こちらからお願いできますか？　皆さんも知ってらっしゃる詩だと思いますが「かっぱ」の朗読をお願いしましょう。

「かっぱ」(※おもしろい読み方で朗読されました)

かっぱかっぱらった
かっぱらっぱかっぱらった
とってちってた

かっぱなっぱかった
かっぱなっぱいっぱかった
かってきってくった

――ありがとうございます。朗読は、普通《ふつう》に読むだけではなく、今のように

かっぱ
かっぱかっぱらった
かっぱらっぱかっぱらった
ってちってた

ちょっと変化をつけて読んでもいいんですね。いろんなバージョンが考えられるわけですね？

みんなが知っているような詩のときは、普通に読むのではつまらないから、少し読み方を変えてみようと思って。

――なるほど。では、次に「たね」をお願いいたします。

「たね」

ねたね

うたたね
ゆめみたね
ひだね
きえたね
しゃくのたね

またね
あしたね
つきよだね
なたね
まいたね
めがでたね

これ歌になっているんです。本当は歌のほうがきれいなんですよ。

――ありがとうございました。例えば詩を黙読《もくどく》するのと、観客を前にしてお読みになるのとは違《ちが》いますか？

聴衆《ちょうしゅう》がいてくれるとこっちがエネルギーをもらえるからぜんぜん違うんですよ。朗読はおもしろさと同時に、我々にも大変役立っています。朗読は、おもしろかったら拍手《はくしゅ》してくれるし、つまんないとみんな出て行きますからね。活字だとすぐに反応が返ってこないし、たまに読者カードが返ってきても「よかったね」とか書いてあるだけですが、朗読だとすぐにわかる。

――今日も、小さなお子さんたちの体が前のめりになったり、動いたり、反応が感じられますね。

うれしいです。

――次の詩はまた、おもしろい世界ですね。

これはちょっと教育上問題があるって、以前、教科書副読本に載《の》らなかった詩なんです（笑）。

「ばか」

はかかった
ばかはかかった
たかかった

はかかんだ
ばかはかかんだ
かたかった

はがかけた
ばかはがかけた

がったがた
はかなんで
ばかはかなくなった
なんまいだ

――子どもたちの笑い声が聞こえてきますね。

ありがとうございます。

――そしてもう一つお願いしたい詩は、番組スタッフの中に好きだという人も多く、私も好きな詩なのですが、ぜひ谷川さんに「生きる」をお読みいただけたらと。よろしくお願いします。

「生きる」

生きているということ
いま生きているということ
それはのどがかわくということ
木《こ》もれ陽《び》がまぶしいということ
ふっと或《あ》るメロディを思い出すということ

くしゃみすること
あなたと手をつなぐこと

生きているということ
いま生きているということ
それはミニスカート
それはプラネタリウム
それはヨハン・シュトラウス
それはピカソ
それはアルプス
すべての美しいものに出会うということ
そして

かくされた悪を注意深くこばむこと

生きているということ
いま生きているということ
泣けるということ
笑えるということ
怒《おこ》れるということ
自由ということ

生きているということ
いま生きているということ
いま遠くで犬が吠《ほ》えるということ

いま地球が廻《まわ》っているということ
いまどこかで産声《うぶごえ》があがるということ
いまどこかで兵士が傷つくということ
いまぶらんこがゆれているということ
いまいまが過ぎてゆくこと

生きているということ
いま生きているということ
鳥ははばたくということ
海はとどろくということ
かたつむりははうということ

人は愛するということ
あなたの手のぬくみ
いのちということ

第一章

詩との出会い

これまでに80冊以上の詩集を発表。
世界各国で翻訳され、幅広いファンを持つ。

一　詩を書き始めた頃《ころ》

――谷川《たにかわ》さんが詩を書き始められて六十年以上になりますが……。

あっという間といえばあっという間だし、長いと思うと結構長かったりするんですよ。書き始めた頃の友達が亡《な》くなったり、当時若く美しかった女性がおばあさんになっていたりすると、やはり長いんだって思います。

――十七歳《さい》の頃に書き始められた。十七歳といえば多感な時代ですよね。

そうですね。でも僕《ぼく》は、詩を書きたいとも思っていなかったし、詩人になりたいとも思っていなかった。だいたい真空管ラジオを作るのが好きで、一生《いっしょう》懸命《けんめい》はんだごてかなんかでラジオ作ってたんです。そしたら、高校の同級生で詩を好きなやつがいて、彼《かれ》の詩、とっても僕は好きでね、彼が「雑誌を出すから詩を書かないか」って誘《さそ》ってくれました。それで書いてみたら、なんとなく詩みたいなものが書けたので、おもしろくなって続けた……。そんな感じでした。

――これがその頃のお写真ですか？　いい男ですね、なかなか。

それがねえ、若い頃は気がつかなかったんですよ。今、見ると「結構いい男

17歳の頃から詩を書き始め、
21歳で処女詩集『二十億光年の孤独《こどく》』を発表。

じゃん。もったいないことしたな」と思ってるんだけど。

——何がもったいないのかわかりませんが、ではどうしてもなりたくてなったわけじゃない詩人の世界、やめようと思ったことはありましたか？

割と最初からお金が絡《から》んでいたから（笑）。僕、大学行くのが嫌《いや》で、家でゴロゴロしていたわけで。若い人はみんなそうだと思うんだけど、どうやって食べていくかというのが最大の問題だったんです。他に才能もないしね。とにかくなんか書いてはいたし、書くことしかできなかったから、書くことでどうにか生活費ってものをちゃんと稼《かせ》いでいこうっていうのが一番強い気持ちでした。

参考書やいくつか好きな詩集などは読んでいましたが、先生にもついてないし、そういう意味でのハウツーなどもなかったですね。

二　詩を書くということ

――学生のときに読んだ啄木《たくぼく》や他の詩人の作品は、生活苦とかやむにやまれぬ思いを言葉にぶつけるみたいに思っていましたが……。

僕は、割と恵《めぐ》まれた生まれ育ちで、あまり苦労はしてないんですよ。だから世の中に不満とか反抗《はんこう》したい気持ちがあまりなかったんです。みんな左翼《さよく》に行ったりしたんですけど、僕はぜんぜん行かなかったし、だから、「世界は素敵だ」って若い頃、思っていたみたい。

僕は一人っ子で、すごく母親っ子だったんです。当時はわからなかったんだけど、今になってみると、母親に十分愛されたっていう経験が自分を決めているると思いますね。世界に対してすごく肯定的《こうていてき》に向かい合えるというのは、やっぱり母親の愛のおかげだっていうふうに思います。

僕が大学に行かなくても、親はやかましく言わず、割と好きにさせてくれました。

――お父様は哲学者《てつがくしゃ》であり、法政大学の学長でもいらした……。

どうしても大学へ行けっていうふうには言いませんでした。ただね、「大学行くと友達ができるよ。それから語学をね、やっぱり大学で覚えたほうがいい」ってことは言われましたけどね。

リビングに飾っている哲学者の父・徹三《てつぞう》氏と母・多喜子《たきこ》さんの写真。

三　読者を意識した詩

——詩人としてのスタートの段階から、欲求不満や問題意識を抱《かか》えていたわけではなく、何かに対してぶつかる手段が詩ということではなかった。ということは、自己表現のために詩を書くということでは、少なくともなかったと？

自己表現はしていたと思いますけれど、僕としては、自分が他の人と結びつきたい、つまり社会の中で何かしらの役割を持ちたい、それが詩につながるわけですから、その気持ちのほうが強かったんですね。だから自分の表現よりも、他の人と自分がどうやったら言葉で結びつけるかってことを考えていたような気がします。だから「おもしろいものを書かなきゃ。美しいものを書かなきゃ」っていうふうには思っていたと思います。

——では、何か他の人を意識して、受け入れてもらえるような詩を書くということですか？

基本的に読者が必要ということは若い頃から思っていましたね。同世代で「読者なんか要《い》らない、好きなように書く」という人もいて、もちろんその立場はひとつあると思いますけど、僕の場合には読者がいないと、原稿料《げんこうりょう》・印税が入ってきませんからね（笑）。

――だからこう、わかりやすい言葉、あの世界になるのでしょうか?

それもあるけど、僕そんなに難しいことを考えられない人間なんですよ。世界の意味とか、そういうことを突っこんで考えるタイプじゃなくて、なんか世界が快《こころよ》ければそれでいい、美しければそれでいいっていうタイプなんですね。だから、哲学者には絶対なれないって思ってるんですけど。

――喜んでもらえる詩を書くということですが、具体的にはどんなふうに作っていかれるんでしょう。

詩を書き始めた頃から、日本の詩の世界ってすごく狭《せま》いっていう感じがしていました。だから、ただ詩の雑誌に書いて詩集を出すだけではなく、よその世界から誘いが来たら、それにできるだけ乗ろうと。例えばラジオドラマの脚本《きゃくほん》とか歌の作詞とか、自分ができる範囲《はんい》でどんどん出ていったってことがありますね。

それはやはり、自分の詩を受け取ってくれる人たちを広げたいっていう気持ちだったと思うんですね。だから、ただ単に行分けの活字で印刷された詩の形だけじゃなくて、いろんな形で詩というものが人々の間に広がっていくことを望んでいたと思います。

——いろんなところからの注文が来るわけでしょうから、対応も相当大変なんじゃないですか？　または、そのほうが書きやすいですか？

わりあい幸運だったと思いますが、詩が商業的な雑誌に載《の》ってからぼちぼちと注文が来るようになったんです。その注文に応《こた》える形でだんだん仕事が増えていって。もちろん自分で自発的に書く詩もありましたが、いつの間にか完全に受注生産になっているんですよ。でも別にそんなに大変じゃないですよ。詩ですからね。詩って形では同じわけだから。

例えば、「この詩は三歳向けに書け」と言われたとしたら、自分の中にいる三歳の子どもの気持ちで書くだけなんです。

今は高齢化《こうれいか》社会で、「この詩は九十歳の老人向けに書け」って言われたとしても、やっぱり自分で書くしかない。そう簡単に変えられないわけですから、受注生産で注文されても、それがひとつの枠《わく》みたいになって、かえって書きやすいって僕はずっと思ってきましたね。

例えば「十三字詰《づ》め二十行で書け」って言われると結構うれしいんですよ。

自由に書くとなんか心配で。型に入れられると、キチッと詩の形が決まるのがうれしかったし書きやすかったです。短歌や俳句ってそうでしょ。五・七・五・七・七。詩にもある程度の形を求めるところがあると思います。

四　詩が生まれる瞬間《しゅんかん》

――注文を受けましたら、詩はすぐ湯水のようにわいてくるものですか？

湯水（笑）……。湯水のようにはわいてきませんが……。実は「自分の中に言葉がある」って、ある時期から思わなくなりました。若い頃は考えもしませんでしたけども、それは言語……言葉を意識してからですね。自分の中の言葉がすごく貧しいって思うようになったんです。語彙《ごい》も関係ないし、経験も少ないし。そういうんじゃなくて、自分の外にある日本語を考えると、これはもう巨大《きょだい》でものすごく豊かな世界だと。

それは文学だけじゃなくて、日常的に喋《しゃべ》っている言葉でも、とにかくすべての日本語の総体っていうものをイメージすると、もう気が遠くなるくらい豊かで巨大な世界なんですよね。そこから言葉拾ってくりゃいいじゃないかっていうふうになったんです。だから一種編集的な意識というのも出てきましたね。

あの「かっぱかっぱらった」なんて、いくら自分が考えても出てこないでしょ。あれは、かっぱといういろんなお話もあるし、「かっぱらっぱなっぱ」みたいなおもしろい日本語があるから、それをうまく組み合わせて細工物を作るように作っているわけです。だからあれは完全に自己表現ではないっていうことでしょうね。

――そうやって、わいてきたものを忘れないうちにすぐ書くわけですか？

鉛筆《えんぴつ》で書いていた頃はちゃんとメモをしていましたが、もう二十年ぐらい前から、ワープロからパソコンになっているので、そのときはキーで打ち込《うこ》んでます。

でも画面をただ見ていても浮《う》かんできませんからね。ちょっと外から見たらアホみたいな顔してぼんやりしているんじゃないでしょうか（笑）。それで、なんかポコッと出てくりゃ、しめたものなんです。

生まれてくるときって理性は働いてないんですよ。「なんかわけわからないけれど、ポコッとこんな言葉が出てきちゃった」みたいな感じで。出てきたらディスプレイで読めますから、客観的に「これはおもしろい表現だな」とか「あ、これはだめだ」とか判断ができる。それの繰《く》り返《かえ》しで一行一行書いていくみたいなところはありますね、今は少なくとも。

「『自分の中に言葉がある』って、ある時期から思わなくなりました」

――ポコッと浮かぶまで待っている間の谷川さんの精神状況《じょうきょう》、精神作用、それはどういう感じなのでしょう？

自分ではちょっとわかりにくいんですけど、禅《ぜん》の本なんか読むと、座禅をしているときと似たような状態になっているんじゃないかな。

――座禅は、無《む》我《が》の境地、雑念を捨てる世界ですよね。

つまり、僕も書こうとしているときは、できるだけ自分を空《から》っぽにしようと思っているんです。空っぽにすると言葉が入ってくる。そうじゃなくて、自分の中に言葉がいると、ついそういう決まり文句なんかに引きずられるわけだけど、できるだけ空っぽにしていると、思いがけない言葉が入ってくる、そんな感じですね。呼吸法と似ていますね、多分。

五　意識下にある言葉

いつの頃からか、言葉は意識の表面にある言葉よりも、意識下にある言葉のほうがおもしろい。そのほうが新しい。自分にとってね。

――意識下にある言葉とは、つまり、言葉にならない言葉？

そうです、混沌《こんとん》みたいなものですね。しかし、その混沌の中に、あらゆる言語経験が入っていると思うのです。自分の生《なま》の言語経験だけではなくて、文学、映画、テレビ……全部の日本語の経験が入っていて、その混沌みたいなところから自分の意識ではないものが言葉を選んでくるみたいな感じですね。だから「こんな言葉、書いた覚えないや」っていうのがよくあるんですよ。

――そういう言葉だからこそ、多くの人が読んで「あ、この言葉、なんか体にスッと入る」と感じるのでしょう。

いわゆる「集合的無意識」という言葉がありますが、宮沢賢治《みやざわけんじ》も「無意識即《そく》でないと言葉は信用できない」って言うし、中原中也《なかはらちゅうや》も「名辞《めいじ》以前」みたいな言い方をしますよね。だから、詩人というのは、やはり普通《ふつう》に流通している言葉より、もっと前の言葉と言えばいいのかな……、言葉になりかかっている言葉から、言葉を探し出してくるようなことがあるんじゃないでしょうか。

――形としての言葉になる前の朦朧《もうろう》としたもの、それが先ほどおっしゃった「意識下にある言葉」ということですか？　谷川さんは、それが出てくるのをじっとお待ちになっている……。

意味になろうとしているけれど、まだ意味じゃないものがあるんですね。まあ、じっとかどうかわかんないけども。飴《あめ》なめたりコーヒー飲んだりしながら待っているみたいな。出てこないときは、他の仕事をします。絵本の翻訳《ほんやく》など、いろいろそういう待たなくてもすむ仕事もありますから。

――一旦《いったん》そこに置いても意識はしているわけですよね？

いや、とりあえず忘れちゃいますよ。晩ご飯のおかずを買いに行ったら忘れちゃいますよね（笑）。そりゃ、はい。

――でも締《し》め切《き》りがありますよね。

もちろんあります、はい。

――出てくるまで待っているといっても、その締め切り日とどうせめぎあっていくのですか？

僕、すごく臆病《おくびょう》でね。締め切り一カ月前にできていないと不安なんです。

――一カ月前ですか？　ずいぶん前にできていないといけませんね。

だから、締め切りギリギリまで推敲《すいこう》してはいるんですね。ずっと手直しはしているんですけど、締め切りギリギリまでなんにも出てこなくて困ったという経験は、ほとんどないですね。

――谷川さんがほぼ注文生産というのは意外だったのですが、注文というシステムは、谷川さんの詩の世界を作るうえで、どのような影響《えいきょう》があったのでしょう？

エネルギー源じゃないですか。資本主義社会を考えてみればわかるんじゃない？　車は、人が買わなきゃ生産できないでしょ？　新型車も出ないし、技術も進歩しないじゃないですか。それと同じですよ。だから僕は、最初から資本主義の中で書いているってことです。言ってみりゃ商品なんですね、詩が。でも商品だけではないっていうプライドはありますけれどね。はい。

第二章

詩と日常生活と

六　ラジオに魅《み》せられて

――この古いラジオは全部ご自身で手入れをされているのですか？　今も使えるのでしょうか？

集めているときは、鳴らないと自分で直していましたね。本当に老齢化《ろうれいか》していますから、放っておくとダメになっちゃうんです。今はもう全部鳴らしているわけじゃありませんから、多分鳴らなくなっているのもあると思います。

若い頃からラジオが好きで古いラジオを集め大切に保管している。

ラジオあれこれ。

――ラジオのどういうところに惹《ひ》かれたのですか？

よくわからないんですけど、僕《ぼく》は頭で考えたりすることよりも手仕事のほうが好きな傾向《けいこう》があるんです。だから基本的にそこからラジオに興味を持ったと思うんです。自分が組み立てたものが、例えばオーストラリアの短波放送なんかを受信すると、すごくうれしいわけですよ。「オーストラリアが聞こえた！」とかね、もう放送の内容はどうでもよくてね。

今はインターネットでどこでも聞こえちゃうからつまんないですけども。遠くの声を聞くっていうことに、一種詩的なものがあったんじゃないかなって、今は思いますけれども。

ラジオを聴《き》いていると、一種の空間の隔《へだ》たりみたいなものがあるわけで、それはちょっと詩の言葉の出方と似ているというふうには思いますね。

七　詩と日常生活

――谷川さんの処女詩集『二十億光年の孤独《こどく》』。六十年近く前に宇宙を意識するというのは、かなり早かったのではないでしょうか？

当時、通俗的《つうぞくてき》な天文学雑誌や科学雑誌では、もう宇宙の話がいっぱい出ていましたし、ＳＦっていう言葉はなかったけれども、中学生から高校生ぐらいのときに「空想科学小説」っていうのは結構読んだんです。だから、僕はちょうど自我に目覚める時期に、自分がいったいどういう場所にいるんだろうって、

「自分の座標を決めたい」っていう気持ちがすごく強かったんですね。それで、自分は日本に住んでいて、日本はアジアにあって……みたいなことで、ずっと自分の座標の周囲を広げていくと、結局、宇宙に行き着いてしまって。二十億光年っていうのは、当時の科学知識での宇宙の大きさだったんです。今はもう百三十七億光年とかになっていますね。

そういう宇宙の中に自分がいるっていう意識が、その頃《ころ》すごく強かった。これはもちろん、家庭が割と平穏《へいおん》で、自分が生活に苦労しなかったから、社会の中での自分よりも先に、宇宙の中での自分というものを意識したってことだと思うんですけども。そして、その感覚は、いまだに自分の中にあると思います。

——幸せすぎる自分がいたから、ということなんですか？

と、思いますね。

——実生活のことを文字にすることはあまりなかったのですか？

いや、そうは言えないんですよ。社会ってものを考えずにすんでいたってことでしょうね。家庭内での関係、つまり父親と母親との関係とか、自分と父親とか、一人っ子だから兄弟がいないもんですから、あとは友人との関係なんですけど、そういうことは当然ありました。日常生活と詩というのは、僕の場合には割とはっきり結びついていると自分では思っています。直接、私小説的にしたりはしないけれど、現実の生活に必ず根を下ろして書いているという意識はすごく強いんです。だから、そこでの生活が変われば詩も変わっていくと思っています。

――立ち入ったことを聞いて恐縮《きょうしゅく》ですが、谷川さんは三回ご結婚《けっこん》されて三回離婚《りこん》されているそうですが、例えばそういうことが、その時代の詩の世界には影響《えいきょう》されていますか？

大変な影響じゃないですか！　影響なんて言葉じゃ尽《つ》くせないでしょうね。そりゃ大変なもんですよ。離婚っていうのは……。

したくてしたわけじゃないんですが、なぜかそうなってしまって。僕は、ほんとうは偕老同穴《かいろうどうけつ》、一夫一婦制で末永く添《そ》い遂《と》げるというのが一番好きだったんですよ。だからそれでいくはずだった。だけど現実生活は厳しいですね。なぜかそういうふうになっていくと。それでやっぱり人を傷つけるわけです、どうしても。自分よりも相手の人を多分傷つけていると思うから、そういう経験が自分の中に相当な重みを持ってあるんだろう、っていうふうに思いますけれどね。

――くどいようですけれど、谷川さんの詩の世界には、ご自身で振《ふ》り返《かえ》って、その経験はプラス方向に作用していましたか？

そんなこと、言わせるんですか（笑）？　だって、それは運命みたいなものだから、プラスもマイナスもないんじゃないですか？　つまり両面あると思うんですよ。でも僕はね、非常に楽観的な人間なんで、三回結婚して三回離婚してっていろいろ言うんだけれど、自分にとってそれが良かったかっていうと、ちょっと違《ちが》うんですけどね。それが自分を作ってきたっていうふうには思ってますね。それがなかったら今の自分はいないというのは確かだと思います。

――昔は、詩の世界と実生活は別物だと？

そこまではっきりは分けていませんでしたけれども、僕が書き始めた頃は、恨《うら》み辛《つら》みを自己表現として書く現代詩が多かった。それが自分はちょっと嫌《いや》で、私小説的なものは書くまいっていう気がしていて。それで「私性《わたくしせい》」を追放しよう」みたいなことを書いたら、僕の好きなフランスの詩人※ジャック・プレヴェールの翻訳《ほんやく》をしている、同年輩《どうねんぱい》の詩人の岩田宏《ひろし》氏から「プレヴェールはそんなことは全然問題がないくらい巨大《きょだい》な私性を持っていた詩人なんだ」って言われたんです。僕はすごく「なるほど」と思って、「私」みたいなことをそんなに気にしないで、「私性」という器《うつわ》をできるだけ大きく深くしていけばいいんだ、っていうふうに次第になっていきました。その当時は、やはり自分の実生活と詩とは別物だっていうふうに分けたかったんですけれども。

※ジャック・プレヴェール（一九〇〇―一九七七）フランスの作家、詩人。映画『天《てん》井《じょう》桟敷《さじき》の人々』の脚本《きゃくほん》ほか。

――分けたかった？

ええ。詩を公《おおやけ》のものにしたかったのでしょうね。自分の私生活から切《き》り離《はな》して。でも読み返してみると、実際には相当色濃《いろこ》く、私生活的な要素が入っているんですね。一人のときは生活経験がないから、本当に宇宙かなんかを相手にしていればよかったんですが、恋愛《れんあい》をして、結婚をして、離婚して、また結婚をして子どもが出来て……みたいに、実生活の経験を積んでいくと、やはりそういうものと詩は絶対に切り離せないのだと。ただ、それを生《なま》の形で持《も》ち込《こ》まないにしても、自然に詩が実生活の経験に影響を受けているっていうふうに意識するようになりましたね。

――表面的だけではわからない、いろんな要素が谷川さんの実人生とその詩に影響してきているということですか？

そう思いますね。はい。

――「小説は書かれないのですか？」というお話もよくあるそうですが。

あの、本当に自分は小説には向いていないってことが、だんだんだんだんわかるようになりましたね。

――小説に向いていないというのは、どういうことでしょうか?

だいたい僕、字を書くのが嫌《きら》いなんですよ。

――はは（笑）。今はパソコンっておっしゃっていましたね。

だからワープロが出来たとき、すごく救われたんです。僕は筆圧《ひつあつ》が高くてね。紙はすぐ破れるし、消しゴムのカスは溜《た》まるし。それで、詩は短いからよかったなと思っていて。小説は長いじゃないですか。筆圧が高い人間が書いていくと大変なんですよ。ワープロやパソコンが出来てからは、少し長めのものも書けるようになりましたが。小説の描写《びょうしゃ》って、例えば女の人が着ているもののこととか、細かく書いたりするじゃないですか。ああいうのが僕は弱いですね。すぐ忘れちゃうし、興味が持てなくて。

それから、基本的には人間関係というものに興味が薄《うす》いんだろうと思いますね。小説は、ほとんどが人間関係ですよね。憎《にく》み合ったり愛し合ったり嫉妬《しっと》したりみたいな。そういうことを綿々《めんめん》とやるのが億劫《おっくう》だというところがありますね。それ、実生活でやるだけで十分みたいな（笑）。

「僕、字を書くのが嫌いなんですよ」

八　詩人であることを問い直した時期

――まったくおやめになったわけではないけれど、ちょっと筆を置かれた時期がありましたね。

そうですね。「詩を書いていちゃいけないいんじゃないか」っていうふうに思った時期があったんですね。

――なぜそのように思われたのですか？

詩というもの自体を最初から割と疑っている人間ではあったんだけれども、詩人っていう存在が、実生活の上では相当ダメなものだと思うようになってきたんですよね。だから、自分の私人格は「もう少しまともな人間になりたい、そのためにはちょっと詩は書かないほうがいいんじゃないか」みたいな。

――つまり、詩人という存在が家庭生活を営《いとな》もうとすると、いろんなところに無理があるっていうことですか？

そうですね、まぁ簡単に言えばそういうことでしょうね、はい。

詩人が亡くなった後、その未亡人が書いた本は、だいたい悪口が多いですから。やはり詩を書く人間は、どうしてもエゴイストになるんじゃないのかなと思うのですが。

――エゴイストになる？　エゴイストって単純な言い方だと、自分を中心にということですか？

ええ。これは微妙《びみょう》な問題で、相手によっても違うわけですよね。

詩というのは、基本的に美辞麗句《びじれいく》じゃないですか。つまり日常的に使う言葉ではない違う次元で、とても美しい言葉を作りたいっていうのがありますよね。その詩の次元と、日常生活の言葉の次元が、どこかで混ざっちゃうんです。そんな気がするんですよ。信用できない、もっと言えば、グサッとくるというより、日常生活の次元で、自分は誠実なつもりで一生懸命《いっしょうけんめい》に言っていても、それが詩の言葉に聞こえちゃうと、なんかちょっと違うんじゃないか、みたいなことがある。でもそれは、言葉だけの問題ではないですよね。詩人って、やっぱりちょっと普通《ふつう》の人間にはない欠点を持っているというか……。それははっきり指摘《してき》できないですね。例えば、※ミラン・クンデラという作家が詩人の悪口書いていますが、それを読むと、すごい当たっているなと思っちゃうんですけどね。

※ミラン・クンデラ（一九二九―二〇二三）旧チェコスロバキア生まれのフランスの作家。主な作品に『存在の耐《た》えられない軽さ』ほか。

――どんなことを書いているのですか？

要するに、詩人とは非常に未成熟な人格だと言うのです。「今日《きょう》白いと言って、明日黒いと言っても全然かまわない。詩人にとってそれは両方とも本当なんだ」と。「そのとき、白さをどこまで深く感じているか、黒さをどこまで深く感じているかが詩人を作っているのだ」と。でも実生活では、昨日は白で今日は黒ではマズイ。そういうことらしいですね、どうも。

――なるほど。そうすると谷川さんご自身は、その時期というのは、お相手に対して「なぜだ、なぜわからないんだ?」っていう感じでしたか?

いやいや、僕は自分で被《かぶ》るほうだから「自分のどこが悪いんだ?」ということばかりを考えていましたね。それは相当微妙な問題だから、そう簡単に「ここが悪い」なんてわからないわけですよ。だから、もし詩を書いていることで自分の人格が歪《ゆが》んでいるとしたら、ちょっと詩から遠ざかったほうがいいのかなと思ったんですね。

——それからの谷川さんの詩の世界にも、その時期は大きく影響してくるのですか？

そう思います。詩に対する影響って、なかなか、どこでどのようにとは言いにくいんですけどね。詩を書く人間というのは、日常生活すべてのことに影響されているわけです。ただ雲を見るだけでも、もう雲に影響されてるし、みたいな。でもとにかく、その時期に自分がなんか救われたのは確かなんです。

——そんな時期を経てお出しになったのがここにある『minimal《ミニマル》』（思潮社）です。この中の一編を朗読していただけますか？

その頃、僕、友達に誘《さそ》われて俳句もちょこっとかじっていたんですね。句会なんかにも行って。それで、うんと短い言葉で何か書くってことにちょっと挑《ちょう》戦《せん》してみたくて。それで、この短い詩を書いてみたんです。

「そして」

夏になれば
また
蟬《せみ》が鳴く

花火が
記憶《きおく》の中で
フリーズしている

遠い国は
おぼろだが
宇宙は鼻の先

なんという恩寵《おんちょう》
人は
死ねる

そしていう
接続詞だけを
残して

——ありがとうございました。そうした体験から、詩のスタイルや作り方、生み出し方がどのように変わっていったとお考えでしょうか？

自分じゃあまりそういうふうには考えないですね。評論する人は、なんかいろいろ言ってくれてますけれど。それと、年を取ってきたということも相当自分を変えてきているわけですから。例えば、死ぬってことなんかも身近になってくるとかね。そういういろんな要素があって変わっていくわけでしょ？

それで詩の経験を六十年以上積んできたから、まあ海千山千にはなってるんですよ。だからいろんな書き方が出来るようになっているし、それから自分の実人生の上で年取ってくると、すごく楽になるんですね。「もうそろそろ責任取らなくていいや」みたいな。

それでまぁ、別れちゃったし、子どももちゃんと独立しているし、一人で生きていけるわけじゃないですか。一人って本当に気楽でね。そうすると詩なんかでも、例えば僕は二十代でも自己紹介《じこしょうかい》みたいな詩を書いて、三十代にもちょっと書いて、今度は七十代でまた書いてるんだけど、それを比べると、自分を他人に向かって紹介するっていう形で書いた詩がすごく変化をしているのがわかって、これは自分自身の、まあ成熟と言っていいんじゃないかとは思いますね。

――すると、自ずと谷川さんの眼差《まなざ》しが向かうテーマも変わってきますか？

それは変わっていいんじゃないでしょうか。なかなか自分では、ここがこう変わったとか言いにくいんですけど、やっぱり自分の詩の文体みたいなものは相当変わってきているんじゃないかなって思います。

――今、お話にあった「自己紹介」ですが、紹介をお願いいたします。

『私』（思潮社）という詩集を出したことで、「谷川が『私』って題名の詩集を出すのか」って言われました。詩っていうのは公のものだという意識で、ずっと読者を気にして書いてきた人間が、なぜ私小説的な「私」を書くんだろうって。でも自分の中で、巨大な私、つまり器の大きい私のようなものを目指してきたわけだから、自分としては割と自然な流れだったんですけどね。そこにある最新の「自己紹介」です。

「自己紹介」＊七十歳《さい》バージョン

私は背の低い禿頭《とくとう》の老人です
もう半世紀以上のあいだ
名詞や動詞や助詞や形容詞や疑問符《ぎもんふ》など
言葉どもに揉《も》まれながら暮らしてきましたから
どちらかと言うと無言を好みます

私は工具類が嫌いではありません
また樹木が灌木《かんぼく》も含《ふく》めて大好きですが
それらの名称《めいしょう》を覚えるのは苦手です
私は過去の日付にあまり関心がなく
権威《けんい》というものに反感をもっています

斜視《しゃし》で乱視で老眼です
家には仏壇《ぶつだん》も神棚《かみだな》もありませんが
室内に直結の巨大な郵便受けがあります
私にとって睡眠《すいみん》は快楽の一種です
夢は見ても目覚めたときには忘れています

ここに述べていることはすべて事実ですが
こうして言葉にしてしまうとどこか嘘《うそ》くさい
別居の子ども二人孫四人犬猫《いぬねこ》は飼っていません
夏はほとんどTシャツで過ごします
私の書く言葉には値段がつくことがあります

――この「自己紹介」、これまでその年代年代で書いてこられたそうですが、どこが一番変わったなとお感じになりますか？

やっぱりこの年にならないと「私は背の低い禿頭の老人です」というふうには書けませんでした。以前はもっと気取って書いていましたね、詩的な表現で。こんなふうに日常的に、割とこう直接的には書けなかったと思いますね。

――「私」とありますが、小さな私ではなくてもっと広い意味での私、他の人たちが読んで、あるいは聞いたりしたときに、「私かな？」と、そういう意味合いで受け取ってもいいのでしょうか？

もちろん、言語ってそういうものだと思うんですよ。私有できる言葉ってないわけでしょ？　生まれた瞬間から、言葉は全部他人から教わってくるわけですから。だから常に、言葉は自分と他人を結ぶものであるわけだから、私が「私」と言ったときには、もう全世界の「私」を含んでいると考えていいんじゃないかなと思っています。

「自己紹介」を朗読中。

——さて、谷川さんにいくつか質問が届いていますので、ここでお答えをいただきたいと思います。これ、どんな答えになるんでしょうね。まずは、コピーライターの糸井重里《いといしげさと》さんからです。

糸井さんは谷川さんとは、もう旧知の仲でいらっしゃるわけで、二人でいると、壁《かべ》のシミひとつからでも詩が生まれるほどだとおっしゃっています。そこで糸井さんからは、これまでにない新たな質問をしたいそうですよ。

なんか恐《おそ》ろしいね、どんな質問か（笑）。

【糸井重里さんからの質問】
「谷川俊太郎さん。尊敬を込《こ》めて質問をさせていただきます。
（手拍子《てびょうし》で）パン　パパン　パパンパン（お辞儀《じぎ》）。
よろしくお願いします」

はははは（笑）。参っちゃうねぇ。うん。どうしましょう？

——お答えは？

さっき僕、どちらかというと無言を好みますって言いましたよね？　やっぱりこういう質問に対しては、黙《だま》っているのが一番いいんじゃないかなと思いますけれど。あのもちろん、手を叩《たた》くことで答えることはできるんだけど、するとなんか音楽になっちゃいそうな気がするんですよね。

だから、詩としてはここでは、今の禅問答《ぜんもんどう》的な問いだから、ここでは黙っているほうが、多分かっこいいんじゃないかなぁと思いますけど。という答えじゃ、糸井さん満足しないかもしれないね（笑）。


――ええ、この後の詰《つ》めはまたお二人で会ったときにしていただければと思いますが（笑）。そしてもうお一方、歌手の中島《なかじま》みゆきさんからメールでご質問をいただきました。

中島みゆきさんは、大学の卒業論文のテーマが「谷川俊太郎」さんだったそうですね。ご本人も「出発点に谷川俊太郎がいなかったら、私の詩はなかった」との発言もしていらっしゃいます。では、質問をご紹介いたします。

【中島みゆきさんからの質問】
「今までに発表された作品について、いくつくらいの単語を目にされた時点で、『あ、自分の作品だ』と、おわかりになりますか？」

単語ねぇ、単語ではわからないんじゃないかなぁ。三行とか行だったらある程度わかるような気がするんですね。要するに詩には、一種の文体って言われるような、その人独自のスタイルがあるんですよね。だからそのスタイルみたいなものが三行ぐらい読むとだいたいわかるっていうところがあるんで。だから、単語に分解されちゃうと、いつでも宇宙って言葉を使っているわけでもないし、ちょっと単語だけだったらわからないような気がする……。

――単語ではなくて行だったらわかるということですね。でも、もう、数え切れないくらいお書きになっていますものね。

この前、「これ、谷川さんの詩じゃないですか」って詩を見せられて、「うん、たぶんこれ俺《おれ》の詩だよ」って言ったら、ぜんぜん違う人の詩でしたからね。うーん、忘れていますね、自分の書いたもの……（笑）。

――でも、締《し》め切《き》りの一カ月くらい前に完成させて、そこから推敲《すいこう》に推敲を重ねられるんですね。

とにかく見直すんですね。それで、手入れをして改悪してしまう場合もあるってことは念頭に置いています。「ここはやっぱり変えちゃマズイ」ってこともあるので、全然変わっていくわけではないんですよ。

――という、谷川さんのお答えでございました。中島さん、いかがでしたでしょうか？

すいません、下手《へた》な答えで（笑）。

【谷川俊太郎さんに聞きたいこと】

では、スタジオにお集まりのみなさんからも、谷川俊太郎さんへの質問をうかがいましょう。

それでは最初の質問です。

「上手《じょうず》な詩はどうやって作るのですか？」

そんなことわかったら苦労しないじゃ〜ん（笑）。わかんないよ〜。
詩って勉強して上手《うま》くなるっていうものでもないんだよね。うーん、だから
そこはすごく難しいところだけど、上手い下手っていうのも、すごく主観的な
感じなのね。それで、上手いけど、なんだか決まり文句が綺麗《きれい》に並んでいるだ
けって詩もあるんだよね。そういうのは下手な詩よりもつまんないわけで。
だから、自分自身が全身で摑《つか》んだ言葉で書かれた詩が、たぶんいい詩なんだ
と思うけどね。でもみんな、割と世の中に流通している決まり文句をつなげ
て、詩らしい詩を書いちゃうことが多いでしょ？　そういうのはやっぱりつま

んないと思うんだよね。

――つまり、手垢《てあか》のついた言葉を持ってきてもおもしろくない？

そう、おもしろくないですね。うん。

――だから、先ほどの谷川さんのお話にあった、自分の中からわき出てくる言葉のように……。

つまりそれは他人の言葉ではあるけれど、他人から教わった言葉が自分の経験で自分の言葉になっていくと思うんですね。だからそれが、自分の言葉になってきた言葉が出てくれれば、それは多分おもしろいんだと思います。

――では次の質問にまいりましょう。

「(著書の中で) 一番好きな本はなんですか?」

僕、一番っていうのが嫌いなの。だってたくさんの中からひとつ選ぶのってすごく難しいし、そこで勝負するみたいになっちゃうじゃない? それに一人っ子だから勝ち負けっていうのはダメなんですよ。だから一番好きって言われちゃうとホント、頭の中がゴチャゴチャになっちゃって。それは自分で決めるんじゃなくて、読んでくれる人が決めてくれればいいんじゃないかな。だから、そのためにはたくさん読まなきゃなんないから、たくさん僕の本を買わなきゃいけないよ (笑)。

――つまり一生懸命読んで、その中で私の好きな谷川俊太郎ベスト1っていうのを、自分で作ったらいいいんですね。

そうするとすごくうれしいです、書いた人としては。

――はい。ではその他のみなさん、どうでしょうか？　では、一番後ろの方どうぞ。

「谷川さんが詩を作られる際に、日常を意識されるということでしたが、谷川さんの日常生活というか、普段《ふだん》どういった生活をされているのでしょうか？」

普通の老人の生活ですよ。まぁ独身だからね。普通の老人っていうのは、ちゃんと連れ合いがいるのかもしれないけれど。それから、割と規則正しくなっていますね。だいたい七時半頃に起きて、ちょっと呼吸法なんかやって、朝ご飯は食べなくて、野菜ジュース飲むだけで。昼はそばとか、麺類《めんるい》なんかを食べて、それで気が向いたら仕事して。

一番大変なのは事務処理ですね。六十年以上も書いてきていると、いろんな「許可してください」とか、それから「詩の朗読会のスケジュールを決めましょう」とか、「切符《きっぷ》をどうしますか」とか、そういうのがすごく多いんですよね。だから、そういうのにすごく気を使って疲《つか》れちゃって、疲れを回復するためにちょっと詩を書くみたいな感じです。はい。詩を書いていると疲れないんです。楽しいんですね。

――疲労《ひろう》回復に詩を書いちゃう（笑）。それが売れちゃう。こんないいことはないですが……。

もっともっとみなさんの質問をお受けしたいところですが、ごめんなさい。時間の制約もありますので、締め切らせていただこうと思います。

みなさん、ありがとうございました。

さて、ここで谷川さんの詩の数々を歌ってこられた小室等《こむろひとし》さんにご登場いただいて、歌をご披露《ひろう》いただこうと思います。

「あげます」

作詞・谷川俊太郎／作曲と歌・小室等

もぎたてのりんごかじったこともあるし
海に向かってひとりで歌ったこともある
スパゲッティ食べておしゃべりもしたし
大きな赤い風船ふくらませたこともある
あなたを好きとささやいてそして
しょっぱい涙《なみだ》の味ももう知っている
そんな私のくちびる……

いまはじめて――あなたにあげます
世界じゅうが声をひそめるこの夜に

小室等さんの歌声に耳を傾けて……。

小室　僕が谷川さんの詩に初めて曲をつけさせていただいたのが、この「あげます」という曲でありました。今から四十五年以上前のことでした。そして、その後ずいぶんいろんな詩に曲をつけさせてもらいましたが、次の歌は、僕が作曲したのではなくて、武満徹《たけみつとおる》さんが一九九六年にお亡くなりになる直前に作り遺《のこ》してくれた歌です。ソングということでは武満さんの遺作と言っていいのかもしれないですね。谷川さんの作詞で「昨日《きのう》のしみ」です。

「昨日のしみ」

作詞・谷川俊太郎／作曲・武満徹／歌・小室等

まっさらみたいに思えても
今日《きょう》には昨日のしみがある

すんだことさの一言を
漂白剤《ひょうはくざい》には使えない
涙《なみだ》をシャワーで流すだけ

からだの傷さえ消えぬのに
心の傷ならなお疼《うず》く
ごめんなさいの一言を
鎮痛剤《ちんつうざい》には使えない
痛みをお酒で癒《いや》すだけ

思い出したくなくっても
忘れられない日々がある

明日《あす》があるよの一言を
ビタミン剤《ざい》には使えない
希望は自分で探すだけ
希望は自分で探すだけ

──小室さんと谷川さんとのお付き合いは、もう半世紀近い年月に？

小室　そういうことになります。はい。

──そんな長いお付き合いの小室さんからご覧になった、「詩人・谷川俊太郎」さんとは、どのように見えますか？

小室　いや、それは、先ほどからのお話にあるように、谷川さん自身がご自分を規定できていらっしゃらないようですので……、僕はさらにわからないんですが。ただまぁ、詩人ということよりも、歌う詩を書かれたことで言うと、谷川さんの詩は歌うときに自由になれるんですね。僕は、中原中也《なかはらちゅうや》などが書いた詩も作曲して歌っていますが、どうも「こう歌わなければならない」って単語とかフレーズに言われているような感じがするんです。でも、谷川さんの詩は、どう歌ってもいいというか、歌声を乗せる歌というのが乗り物だとすると、その乗り物としての俊太郎さんの詩は「どんなふうに乗ってくれたっていいよ、君、勝手に乗ってくれたまえ」みたいな感じ。それだけに歌うのがちょっと大変だなと思うこともあるんですけど、自由さはあります。

――乗るのも大変だなと思われるときとは、どういうところですか？

小室　「もしかするとこれは、ものすごい詩なんじゃないか」と思うと、距離《きょり》というか、「あ、触《ふ》れてはいけないのかもしれないな」って不安になることがあります。それで、どう歌っていいのか、わからなくなるんですけれど。まぁ、無責任でいられるときは、だいたい楽しく歌えるんですけど（笑）。

――でも基本的には、「いかようにも乗ってくれていいよ」と感じさせてくれるということですか？

小室　そうですね。しかも、四、五十年前にアメリカから入ってきた、新しいフォークソングという形の歌に刺激《しげき》を受けて歌作りを始めた僕たちにとっては、今までの型どおりじゃない、新しい日本語……歌の詞としての日本語なんです。だから、いつまでも新鮮《しんせん》さはずっとあります。

――一方、谷川さんにとっては、ご自身でお書きになった文字たちが、歌手の声を通して、歌という立体的なものになっていくわけですが、これはどんな気分ですか？

谷川　いや、基本的にすごくうれしいですね。ただ歌手が下手だったり、歌が気に入らなかったりすると、まぁ、しょうがないみたいな。

僕は「あげます」を聴くとほんとにしんみりしちゃうんです。なにしろ最初に作ってくれた歌ですしね。それで、小室さんっていうのは、あの頃に比べるとものすごく上手くなったんですよ、歌が（笑）。

――あの頃というのは？

谷川　二十代の頃。顔も良くなっているんですよ、あの頃、ひげなんか生《は》やしてなかった……、生やしてたっけ、もう？

小室　ええと、最初は生やしてなかったかもしれない。

谷川　ねぇ、そうだよね。それからなんかひげ生やして、それが白くなってきて、とにかく歌がどんどん良くなってきているんですよ。だから僕も、老《お》いるっていうのはね、ほんとにいいことだって思うんですけど、小室さんを見ていてもそう思いますね。こんなに歌が上手くなるんだったら、いいんじゃないかって。

――五十年近いお付き合いが、この二つの世界を作り上げているということも間違《まちが》いないわけですね。

谷川　そうですね。だから、小室さんが元気なのが本当にうれしいですね。

――ありがとうございました。小室等さんでした。

第三章

意味と無意味

九　詩は音楽に恋《こい》している

――今日《きょう》は、番組の中で谷川さんの朗読を何度も聞かせていただいていますが、ご長男の賢作《けんさく》さんとのピアノのコラボレーションを、もうずいぶんとおやりになっていて、谷川さんは朗読を担当されているんですよね。詩と音楽のコラボレーションで「詩はいつも音楽に恋してる」。詩のほうが恋をしているのですか?

そうですね、僕《ぼく》の感覚ではね。詩を書き始めたときの話をさっきちょっとし

長男・賢作氏のピアノとのコラボレーションコンサートの
ポスターの前で。

ましたけれど、そんなに詩が大切で、詩に想いがあったわけじゃないんですね。だけど音楽だけは、ないと生きていけないぐらいの感じで聴《き》いていたんですね。だから音楽のほうが出発点だったので、いつまで経っても詩の値打ちは音楽よりも下だって感じから抜《ぬ》け切《き》らないんですよ。今でもそうです。要するに、音楽のほうが意味がないからなんですね。

——意味がない？　どういうことでしょうか？

音楽、意味ないじゃないですか。よくそう言って、僕、舞台《ぶたい》の上で息子《むすこ》をからかうんですけどね（笑）。音楽は意味がないからいいよな、なんて言うんだけど。

──賢作さんは、なんて言うんですか？

彼《かれ》、この頃《ごろ》、居直っちゃって「そうだよ」とか言っていますよ。言葉は意味に縛《しば》られるでしょ、どうしても。特に、音読で声に出して聴衆《ちょうしゅう》に伝える場合には、その言葉の調べ、音的な要素がすごく大事なんです。それを純粋《じゅんすい》に突《つ》き詰《つ》めていくと、どうしても音楽になっちゃうわけですよ。僕は、もちろん好きな詩はあるんですけれども、例えば自分の好きなモーツァルトの音楽の一節と好きな詩の一節を比べて、どっちが大事かっていうと、どうしてもモーツァルトの音楽のほうが大事なんですね。だから常に、詩は音楽を追っかけて追いつけない、っていう気持ちが強いです。

まぁ、比べる必要はないんですけど。でも息子と一緒《いっしょ》に舞台をやっているから、つい詩と音楽を比べることになっちゃうわけで。比べると、音楽のほうが大切というふうになると。

――古今の名曲を聴くと、心がフーッと軽くなっていい気持ちになる。心の中に入ってくるということはありますが、そういうことだという解釈《かいしゃく》で？

まぁ、そういうことですね。つまり体ぐるみの感動を与《あた》えるのは音楽のほうがやっぱり強いと。だからよく詩の朗読のバックに音楽を流したりするでしょ？　あれ、ズルいんですよ。詩はやっぱり、素《す》で勝負しなきゃ、と思うんですけどね。うん。

十　声に出すこと

――声にしてしまうと、漢字で書かれたもの、ひらがなで書かれたものの差はなくなってきますか？

そうですね、もちろん。漢字、ひらがなの表記の差はなくなりますね。だけど視覚《しかく》で読むよりも、声のほうが直接的に響《ひび》くんですね。聴覚《ちょうかく》というのは、かなり触覚《しょっかく》的で、鼓膜《こまく》に触《ふ》れてくるから体に直接入ってくる。だから活字で読んでつまらなかった詩が、声に出されると「あ、こんないい詩だったんだ」って経験が僕にもあるんですよ。

――そういった意味でも、朗読、声に出して表現するものの可能性というのは非常に大きい？

あぁ、すごく大きいです、それは。活字よりもはるかに大きいですね。言葉はやっぱり、意味というものが一番大切な要素としてあるのですが、実際に声に出してみると、音の要素もあるし、言葉が描《えが》き出《だ》すイメージの要素もあるし、様々な要素が言葉にあるんですね。それで、その中に意味じゃない要素、「ノンセンス＝無意味」、という要素もあるというのが、僕の考え方なんですけどね。

十一　意味以前の世界

この世界が始まったとき、まだ定説はないけども、一応ビッグバンで始まったってことになっていますね。そのときにはまだ言葉がないわけでしょ。言葉がなければ意味もなかったと思うんですよ。だから、ビッグバンのときは無意味だったと。それから、いろいろ無機物ができて、有機物ができて、たんぱく質ができて、どこかで人間が誕生して、そこで言語が生まれたと。そこで初めて意味というものが生まれたわけじゃないですか。それまでは全然宇宙が無意味だったんですよね。だから宇宙っていうのは基本的に無意味なものだって僕は考えていて、それに人間が言語によって意味の衣《ころも》を着せている、というふうに言ってもいいんじゃないかと思うんですね。
詩というのは、散文と違《ちが》って、意味だけを伝えるものではなくて、音の響きとかイメージとか、いろんなもので言葉ってものを伝えていくわけです。だから、無意味であるものを詩に書くことで、逆にその意味以前の世界の触感《しょっかん》、手触《てざわ》り……存在そのもののリアリティみたいな、なんか言葉にどうしてもできないものを感じさせる、っていうのが、詩の役目のひとつとしてあるんじゃないかっていうふうに思っています。

――確かに、あまり言葉の意味にこだわり続けていくと、いろんな社会の立場、社会の階層にいる人たちが、それぞれの意味を突き詰めてぶつけ合うと喧嘩《けんか》になりますものね。

そうですよね、だから意味が固定していくと、そこに囚《とら》われちゃうんです。だから詩の役目のひとつとしては、そういういわゆる決まり文句的な言葉を壊《こわ》していくという役目もあると思いますね。

――いわゆる常套句《じょうとうく》も含《ふく》めてですか？

そうですね、はい。

――そうすると、言葉そのものにあまり信用性を置かないというか……。

まぁ、僕は割と最初から言葉を信用していなくて（笑）、詩も信用していない立場でずっとやってきたことではあるんですけど、でも絶対、人間は言葉から逃《のが》れられませんからね。その「信用していない」というのも、言葉で言っているわけですから。だからそれはもう、当然前提としてはあるんですけれども、そのノンセンスっていうものの不思議な魅力《みりょく》というのがあって、それは意味がないからダメだって、ただ否定できるものではないというふうに思いますね。

――谷川さんが朗読されるときには、意味を伝えようとするというよりは、音を伝えようっていうことですか？

うーん、それは言葉遊びの、例えば「かっぱ」なんかはそうですね。あれはまったく意味がないわけではないんだけれども、あの日本語の音のおもしろさを伝えたいっていうのはありますね。

――我々アナウンサーの仕事で、ニュースやナレーションは「文字の音声化ではなくて、意味の音声化だ」とよく言います。意味を伝えるんだと。つまり「赤い家」とあったときに、赤い「家」ではなくて、どんな家なんだと。「赤い家」だということをベースにしてやれというふうに。そういうのもありなんですよね？

ええ、もちろんそうです。詩の場合でも、言葉遊び的なものよりも、ちゃんと意味のある詩のほうが多いですからね、普通《ふつう》に読むときはやっぱりできるだけ意味が伝わるように読みますけども、例えば擬声語《ぎせいご》、擬態語《ぎたいご》、オノマトペのようなものが日本語は結構豊富にありますよね。そういうのはやっぱり意味じゃなくて、全身で感じられるような体に訴《うった》えるみたいなものをどうしても書きたくなりますよね。子どもが喜ぶのは多分そこだと思うんですよ。意味がわかんなくても、おならの音がプーとかって喜んじゃうじゃないですか。

だからいろんな言葉の機能ってものを生かしていくっていうのが詩じゃないかなって思いますけど。

十二　言葉は不自由

――なんでも言葉で説明できる、というような思《おも》い込《こ》みがあるのですが。

僕は絶対、言葉ってものは本当に不自由なものだと思っていますね。言葉って矛盾《むじゅん》を嫌《きら》うでしょ？　でも現実は矛盾してなきゃ現実じゃないんですよ。それを言葉は表現できない。だから言葉に頼《たよ》るのは、とても人間の現実を見失わせる可能性があると思って、気をつけないといけないなと思いますね。

だから常に、言葉には実体というものがあるんだっていうことを意識しないと、なんだか言葉が空回《からまわ》りしてしまう。もう二十何年……三十年くらい前かな。それを「言葉のインフレーション」っていうふうに表現した評論家がいますけど、今ますますその傾向《けいこう》が強いんじゃないですか。

――言葉が無駄《むだ》に多すぎるということですか？

そうなんですよ、もうそれでウンザリしちゃうってとこありますね。

――無意味な、というと語弊《ごへい》があるかもしれませんが、無意味な言葉の連続、ある種のザラザラとした手触りの中でのリアリティって言うんですか、それを受け取る世界というものは、谷川さんはどのようにお考えになっていますか？　それでいい、そういう世界があっていいっていうことですか？

もちろんそうですね。意味の世界と無意味の世界があって、それが補完し合っているって言えばいいのかな。その両方でリアリティ、現実というものがあるんだと思うようになっていますけどね。

――両方で、ですね。

はい。

十三 「わかる」ということ

——お話を伺《うかが》ってみると、「わかる」ってことが一体どういうことなのかって考えてしまいます。

そうですね、難しいですね。何が「わかる」のかっていうのがね。言葉っていうのはとにかく「わかる」ってことを中心にして発達してきたような気がするんですよ。で、「わかる」っていうのは、要するに「わける」わけでしょ？　なんかひとつのものを分断していって、部分的に少しずつわかっていくみたいな傾向にどうしてもなりますよね。言語は基本的にそういう傾向にあるんだけど、実際の現実っていうのは「ひとつ」なんですよね、全体で。矛盾し合って。だからそれを言葉が捉《とら》えるのは本当に難しいってことを、もう古今東西の言語学者や哲学者《てつがくしゃ》、文学者なんかでも、ずっとやってきたんじゃないかなと思いますけどね。

――近代の科学は、なんでも言葉と実証でわかりきれる、なんでもわかるんだというふうにしてきた状況《じょうきょう》がありますよね。しかし、わかりきれるものばかりではない、わからない世界もあるということですよね？

もちろんそうだと思います。つまり、わからない世界ってものを一方に持ってないと、なんか人間はどんどん傲慢《ごうまん》になっちゃって、しかもなんか貧しくなる。痩《や》せてくるような気がしますね。うん。だから今ほら、もう全部デジタルに言語化されていきますよね。

――ゼロかイチですよね。

そうなんですよね。それに対して、やっぱりなんかオカルト的なものは、相当エネルギーを持ってきていますよね。あれはやっぱり相互《そうご》補完的……補《おぎな》っているんですね、きっと。ああいうものが一方にないと全部は捉えられないっていうのが、自然にある意味出てくるんじゃないですか。

――うーん、そういう方向に進んでいるというのは、やはり時代状況なんでしょうか？

そうだと思いますね。だから人間の文明がそういうふうに進んできちゃっているわけですね。

――でも谷川さんご自身は、無意味ということについては注目されているわけですよね？

注目っていうか、それが「ある」っていう実感がありますよね。無意味なものが「ある」と。でもそれは、別に怖《こわ》いものでもないし、無意味だからダメってものでもない。無意味の実感みたいなものがあるから、それは保っていきたいっていうのかな、それを楽しみたいって言えばいいのかな。意味だけだと、だんだん不安になってきますよね。「この先、地球の未来は……」みたいなこと考えますけど、でも無意味まで含めるとね、なんだか楽しめるんじゃないかなって思いますけど。

——それでは、またここで谷川さんに朗読をご披露《ひろう》いただこうと思うんですが、先ほども読んでいただきました『私』という詩集の中の「さようなら」です。

「さようなら」

私の肝臓《かんぞう》さんよ　さようならだ
腎臓《じんぞう》さん膵臓《すいぞう》さんともお別れだ

私はこれから死ぬところだが
かたわらに誰《だれ》もいないから
君らに挨拶《あいさつ》する

長きにわたって私のために働いてくれたが
これでもう君らは自由だ
どこへなりと立ち去るがいい
君らと別れて私もすっかり身軽になる
魂《たましい》だけのすっぴんだ
心臓《しんぞう》さんよ　どきどきはらはら迷惑《めいわく》かけたな
脳髄《のうずい》さんよ　よしないことを考えさせた

目耳口にもちんちんさんにも苦労をかけた
みんなみんな悪く思うな
君らあっての私だったのだから

とは言うものの君ら抜きの未来は明るい
もう私は私に未練がないから
迷わずに私を忘れて
泥《どろ》に溶《と》けよう空に消えよう
言葉なきものたちの仲間になろう

「さようなら」

――ありがとうございます。

この「さようなら」ですが、好きな作品のひとつで、私も六十歳《さい》を前にしてなんかすごく「うん、わかるよな」と。

やっぱり、それは本当に若いときには書けない詩ですね。はい。

――あぁ、やっぱりね。最近はこのような老いや死について意識的にお書きになっていますか？

いやいや、そんなことはなくて、自然にそういうのが詩に出てくるのがほとんどですね。でもときどき、百歳になった詩を書いてくださいなんて注文されますからね。

——どうするんですか（笑）。もう無理なくなんですか？　自分の中では「書ける！」という……。

いや、百歳になったつもりで書くわけですよ（笑）。

十四　七十八歳の境地

――七十八歳という年は意識されますか？

それがなんかねぇ、ちゃんと意識できてないですね。うん。

――それは「困ったもんですよ」っていう意味ですか？

いや、それは困ったもんですよ（笑）。ちゃんとした年寄りになれてないってことですよね。

——ちゃんとした年寄りってなんですか？（笑）

　昔の年寄りってもっと落ち着いてて、なんかこう、長火鉢《ながひばち》の前に座《すわ》って、煙管《きせる》吸いながら若い者を説教していたわけでしょ？　そういう構えが全然ないんですよね。いや別に「若くありたい」とか思ってないのに、なんだかちゃんと年も取れてないっていう気持ちがすごく強いですね。

——それは肉体的な問題ですか？　精神的な問題ですか？

　もちろん精神的な問題ですね。自分がなんか重大な持病でも持ってるとね、もうちょっと「老い」ってものをはっきり自覚できるのかもしれないけど、まぁ、幸か不幸か、比較的《ひかくてき》元気だから、余計に自覚ができないのかもしれませんね。

——詩を書く上で、言葉が出てこなくなることへの不安、インスピレーションが途絶《とだ》えるような、あるいは途切れ途切れになるような不安、そんな気持ちはどうなんでしょうか？

そういうこと、きっとあるんじゃないでしょうかね。でも、そうなったらそうなったで、書かなきゃいいんだから。

今のところまったくないですけどね。でも、いつそうなるかわかりませんよね。だって、この辺の血管プチッて切れたら途端《とたん》にそうなっちゃうんじゃない？　わかんないけど。案外、プチッと切れたらいい詩が書けるようになるって可能性もあるんですよね（笑）。

でも、十代の頃《ころ》の詩を読み返してみても、結構、死という言葉が出てくる。だから、割と若い頃から、死というものは、ひとつの無視できない要素っていうか、必要な要素として感じていたんじゃないかな？

――それはどうしてでしょうね？　だってとてもお母様に愛されて、幸せな何不自由ない暮らしだったわけでしょ？

もちろんそうですけれど、つまり、そういう現実の日常生活だけじゃない、生きることってあるわけじゃないですか。それは多分、生きることの全体を捉えるためには、死ということを勘定《かんじょう》に入れないと、そして視野に入れないと、生きることの全体は捉えられないということを、割と若い頃から知ってたからじゃないかなと思いますけど。

――それは、ご自身の中でなんとなく感じ取っていたってことですか?

そうなんじゃないでしょうかね。死ぬっていうことが故郷へ帰ることだとか、そういう詩句を書いていますからね。

――谷川さんにとって詩人としてのゴール、人生としてのゴールというのは?

詩人としてのゴールなんかないですけど、人生としてのゴールは、もうそれは楽しく元気に死にたいっていうのがゴールですよ。老後の楽しみはやっぱり「死ぬこと」ですね。

——「死ぬこと」？

はい。だって全然違う世界に行くわけでしょ？

——怖くはないですか？　不安は？

あんまり怖くないんですよ。僕は、子どもの頃から自分が死ぬのは怖くなくて、母親が死ぬのが怖かったんですよ。それからあとは、恋人《こいびと》が死ぬのが怖い、妻が死ぬのが怖い。だから自分の死よりも、そういう自分が愛する者の死のほうが怖い。だから自分が死ぬってことは、自分がいなくなっちゃうわけでしょ?

するとの世界っていうのは、誰《だれ》も経験したことないわけだし、誰も書き遺《のこ》してないわけだから、「こりゃ、もしかしたら、すごくおもしろいのかもしんないな」みたいなのはありますね。

でもいざ、病気になってね、なんか、死にかけると痛いとか苦しいとかいろいろあるからね、やっぱり嫌《いや》だろうけども、今のところは比較的《ひかくてき》健康なんでね、「老後の楽しみは死ぬ楽しみ」って言えるんじゃないかなと。まぁ贅沢《ぜいたく》な話ですけど。

――たしかに誰も行ったことのない世界ですから。でも、誰も行ったことのない世界だから楽しみだって言える、その心の持ちようっていうのは、どうしたら得られるんですか？

だからホントに運のいい、恵《めぐ》まれた人生を送ってきたってことですね。うん。ホントにそれはまぁ、誰に感謝していいのかわかんないけども、感謝してますね。だから思い残すことは何もないんです。

――えー……谷川さんとしては、今の楽しみは「死ぬこと」……「死という世界」ですか？　「死ぬこと」じゃないですよね？（笑）

そ、そう言われるとちょっとさぁ、「え〜、そうかなぁ？」みたいな（笑）。もっと他にもいろいろ生きている間の楽しみってまだありますからね。きれいな自然の中へ旅行するとかね。でも、その「死ぬってこと」が、つまりそんなに不安であったり、怖かったりっていうことはあんまりないってことですね、多分。

――「死」というものに対してマイナスなイメージを抱《いだ》き、忌避《きひ》するものだ、できれば関心を持ちたくないって思いがちですよね。そうじゃなくて、もっと前向きに向き合えば違う世界が見えてくるってことでしょうか？

そういうふうに僕は考えているし、自分の書く詩なんかでも、そういうふうな形で「死の世界」を書きたいなって思っていますけどね。

十五　厳しい現実を前に詩は……

二〇〇一年九月十一日。アメリカの同時多発テロ事件のニュースが世界中を駆《か》け巡《めぐ》った。谷川さんはこの事件に大変な衝撃《しょうげき》を受け、ひとつの作品が生まれた。

――二十世紀というものが戦争の時代で、待ちに待った二十一世紀はそれが終わって平和な時代が来るんじゃないかと思っていたら、いきなり九・一一があった……。

九・一一というのは、自分の中で本当にトラウマになっているんです。というのは、娘《むすめ》が現場のすぐ近くに住んでたってこともあるんです。僕は、だからテレビよりも先に娘の電話で知ったんですよ。

ニューヨークから電話をかけてきて、「私、大丈夫《だいじょうぶ》だからね」っていきなり言うんですね。それで「なんだ?」と思って。「テレビつけてみて」って言われて、つけてみたらあの状態だったんで。それもあるんですけど、あのテロっていうのは、本当に自分でどう飲《の》み込《こ》めるのか、わからなかったですね。

――それで生まれたのが「拒《こば》む」という作品ですね。では朗読をお願いいたします。

「拒む」

山は
詩歌《しいか》を
拒まない
雲も
水も
星々も
拒むのは
いつも

ヒト
恐怖《きょうふ》で
憎《にく》しみで
饒舌《じょうぜつ》で

――ありがとうございます。やはり詩人も、今という時代と無縁《むえん》ではいられない、無理矢理「お前もこの事実に目を向けろ」と、その現実が引っ張ってくるようなことがあるのでしょうか。

というより、常にそれにさらされていて、どう対抗《たいこう》して自分を保っていくかっていうのがすごく大きな問題ですね、自分にとっては。だから、ともすると鬱《うつ》っぽくもなりますよ。新聞を読んだりしてると。ただ僕は、基本的な考え方として、社会内存在としての人間と、宇宙内存在としての人間っていうふうに、人間は二重に生きているっていうふうに思っているところがあるんです。

宇宙内存在っていうのは、人間は一種の自然なわけですから、その自然存在としての人間。それは、社会という単位じゃないところで生きられるって言えばいいのかな。もう過去から未来にわたる長い時間の流れの中で自分を考えることもできるわけですし、都会を離《はな》れた砂漠《さばく》の中の自分っていうふうに考えることもできるわけだから。そういう自分の活力みたいなものを大事にして、「社会の中で本当にトラウマになりかねない事実がいっぱい押《お》し寄《よ》せてくるのに対抗しよう！」と、そういう二重に考えたほうが、自分にとっては救いになっているってとこあるんですけどね。

僕は東京に住んでいるわけですけど、もうたまらなく自然の中に逃《のが》れたいっていうふうになることがあるんです。そういうときは、二、三日でも自然の中に行くと、やはり自分の活力が回復できるって身にしみて思いますね。

——自分もその大きな自然の中の一部だと？

そうですね、そこになんか自分も帰属しているってことを体で実感できる必要があるって気がしちゃいますね。

——実感……。なかなか今の社会状況の中ではできないし、しようとしないと言いましょうか、どうなんでしょう？

うーん、見るものとしては、テレビとかいろいろゲームとかいっぱいありますからねぇ。それに気が紛《まぎ》れてしまって、別に自然はなくてもいいみたいになっている人たちもいると思うけれども。今は鬱とかそういうものが多いでしょ？　あれはやっぱりそういう自然を回復したいっていう、どこかに隠《かく》された欲求があるってことじゃないかなって思いますけどね。

十六　人は詩情を求める

——現実には、鬱になるようなことが毎日のようにあるわけです。その中で、詩には一体何ができるのか……、どのようにお考えになりますか？

日本語で詩というと、行分けで書かれた詩作品という意味と、もうひとつ、英語でいうポエジー、詩情ですね、その二つの意味があると思うんです。今、詩作品は相当に力を失ってきていて、ポエジーというものは詩作品だけじゃなくて、ゲームとか、漫画《まんが》とか、映画やテレビなどにも浸透《しんとう》してきていると思います。だから、詩作品じゃなくて詩情と考えると、これはむしろ、そういうものに対する欲求が強くなっているというふうに、僕には見えているんですよ。だから、今の流行を見ていると、可愛《かわい》いものとかチャラチャラ綺麗《きれい》なものとかが流行《はや》っていますね。あれ、僕らの目から見るとポエジーに対する一種の飢《う》えだと見えてるんです。

だから、詩作品を中心にして考えると、やや衰《おとろ》え気味《ぎみ》なんだけれど、詩情というふうに考えると、あらゆるところに詩が浸透しつつある時代だと思えるんですね。だから、散文的なきつい現実と、それをどういうふうに対抗させるかみたいなことを、みんな本能的にやっているようなところがあるんです。だけど、それを楽観することはもちろんできなくて。そういうのが逆に風俗《ふうぞく》のほうに流れてしまって、ちゃんとした人間の現実に迫《せま》れないってことがあるんですね。

時代がどんなふうに殺伐《さつばつ》としようが、どういう時代になろうが、詩情を求める人間の魂《たましい》の傾向っていうのは、僕はなくならないと思うんです。

――その傾向は、世界を包《つつ》むような、暗く落ち込んでいくばかりの今の状況の中ではもっともっと求められていくということでしょうか？

そう思いますね。文芸の方向だけじゃなくて、例えば宗教的なところとか、あるいはもっと神秘主義とか、そういうものに行く可能性はもちろんあるんですけども、僕は、詩情、ポエジーってものをすごく広い意味で捉えたいと思っているから、そういうものを全部ひっくるめて、非常に過酷《かこく》な現実に対しての詩情の力っていうものが、非常に微小《びしょう》な力だけれども、暴力、財力、権力という強大な力に対抗する、ひとつの「よすが」になると考えているんですけどね。

――微細《びさい》ではあるが、決して見逃せない、見落とせない力で……。

そうですね。微細だからみんな気がつかないんだけど、自然に人間の心と体の中でそういう力が働いているっていうふうに思いたいんですね。

――そうすると、詩の役割はまだまだ大きい……。むしろこれからどんどん大きくなっていくと思われますか？

そう言われるとちょっと自信はないですけども（笑）。なんか形を変えて、詩はひとつの力をずっと持ち続けていくだろうと思います。

——どうも今日は長い時間ありがとうございました。

こちらこそありがとうございました。

一〇〇年後へのメッセージ

一〇〇年後のみなさん、
まだ鉄火巻きなんて食べてます？
まだ地ビールなんて飲んでます？
まだ詩なんて読んでます？
一〇〇年後生きてないから答えがわかんないのが残念です。
今、幸せですか？

谷川《たにかわ》俊太郎《しゅんたろう》

著者紹介
谷川俊太郎（たにかわ　しゅんたろう）
詩人。1931年、東京生まれ。
1950年、「文学界」に詩を発表。1952年、詩集『二十億光年の孤独』を刊行し高い評価を得る。その後、詩作のほか絵本、エッセイ、翻訳、脚本、作詞など幅広く作品を発表。1962年、「月火水木金土日の歌」で第4回日本レコード大賞作詞賞、1975年、『マザー・グースのうた』で日本翻訳文化賞、1982年、『日々の地図』で第34回読売文学賞、1993年、『世間知ラズ』で第1回萩原朔太郎賞、2010年、『トロムソコラージュ』で第1回鮎川信夫賞など、受賞多数。
主な作品に、詩集では『ことばあそびうた』『みみをすます』（以上、福音館書店）、『定義』『コカコーラ・レッスン』（以上、思潮社）、『夜中に台所でぼくはきみに話しかけたかった』（青土社）ほか、絵本に『いちねんせい』（和田誠絵／小学館）、『かないくん』（松本大洋絵・糸井重里企画・監修／東京糸井重里事務所）ほか、翻訳絵本に『スイミー』（レオ・レオニ作／好学社）、『にじいろのさかな』（マーカス・フィスター作／講談社）ほか多数。
2024年11月、逝去。

本書は、NHK BShiにて、2010年6月24日に放送された番組「100年インタビュー／詩人・谷川俊太郎」をもとに原稿を構成し、2014年6月にＰＨＰ研究所から刊行された作品を文庫化したものです。

番組制作：NHKアナウンス室
「100年インタビュー」制作班
インタビュアー：石澤典夫アナウンサー
編集協力：レアーズ　柴山ミカ

PHP文庫　詩を書くということ
日常と宇宙と

2025年4月15日　第1版第1刷

著者	谷川俊太郎
発行者	永田貴之
発行所	株式会社PHP研究所

東京本部　〒135-8137　江東区豊洲5-6-52
ビジネス・教養出版部　☎03-3520-9617（編集）
普及部　☎03-3520-9630（販売）
京都本部　〒601-8411　京都市南区西九条北ノ内町11

PHP INTERFACE　https://www.php.co.jp/

組版	株式会社PHPエディターズ・グループ
印刷所 製本所	TOPPANクロレ株式会社

ISBN978-4-569-90469-6